爱拔河的狮子

〔日〕窗道雄/著　〔日〕北田卓史/绘　彭 懿　周龙梅/译

GUANGXI NORMAL UNIVERSITY PRESS
广西师范大学出版社
·桂林·

嗨哟，嗨哟，
爱拔河的狮子，
拔河太厉害了。

嗨哟，嗨哟，
大象输了。
"哈哈哈！"

嗨哟，嗨哟，
老虎也输了。
"哈哈哈！"

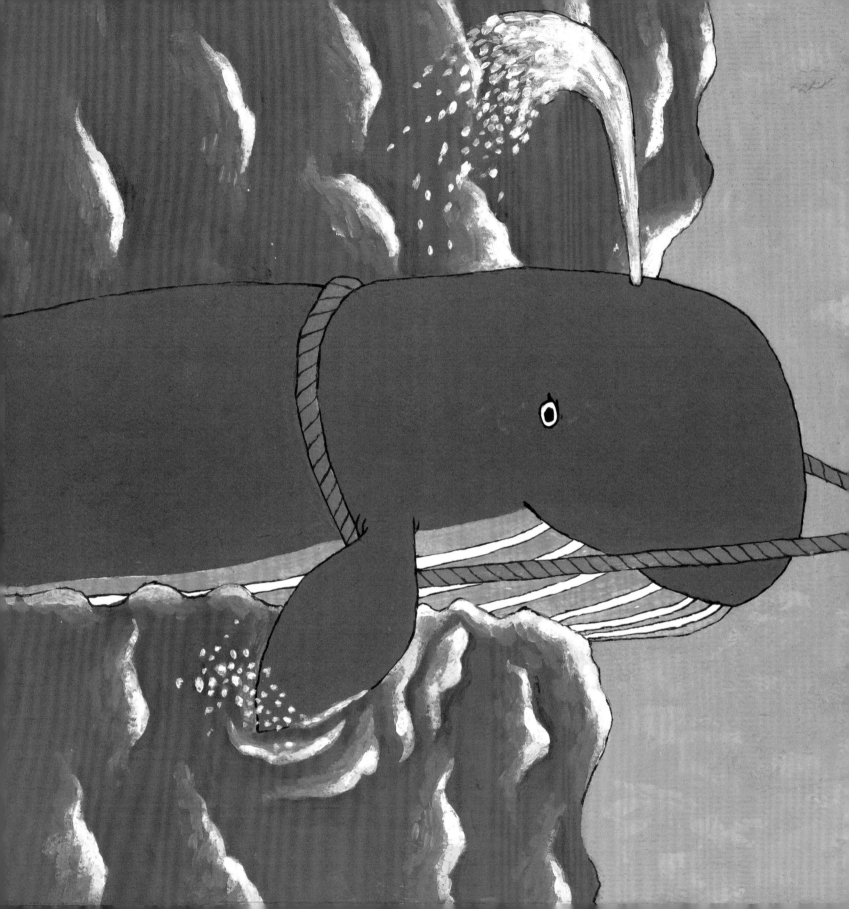

嗨哟，嗨哟，嗨哟嗨，

连大鲸鱼都输了。

"哈哈哈！

我是世界上最厉害的大力士了吧？"

这时，来了一只老鼠。

"敢不敢跟我拔河？"

"哈哈哈，开什么玩笑！

你拔拔我的胡须吧。"

于是，老鼠一拔——

"哇，好痒。

阿——阿嚏！"

咕噜咕噜，嗖——

老鼠被吹走了。

"哈哈哈，没用的家伙！

叫你的孩子们一起来拔我的胡须吧。"

于是，那只老鼠带着十只小老鼠来了。

"阿——阿嚏！"

老鼠们又被吹走了。

"哈哈哈，没用的家伙！

把你的孙子和曾孙都叫来吧。"

于是，那只老鼠把孩子们都叫来了，

孙子和曾孙也全部叫来了。

加起来刚好一千只。

"哇！这下胡须都不够抓了。

好吧，那就来拔河吧。"

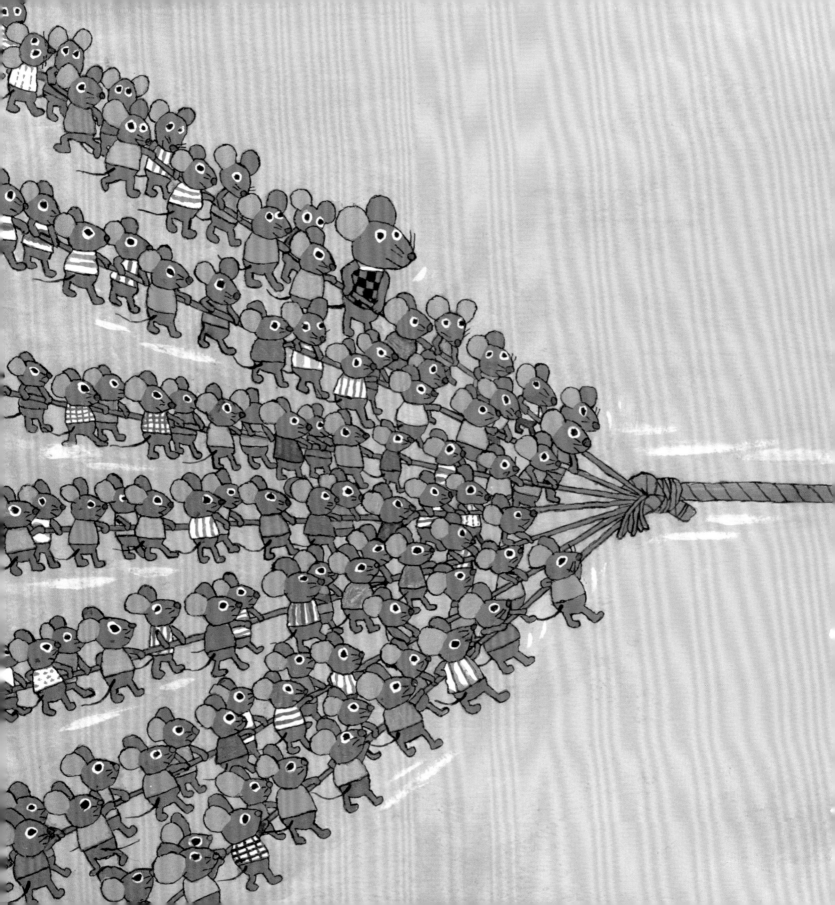

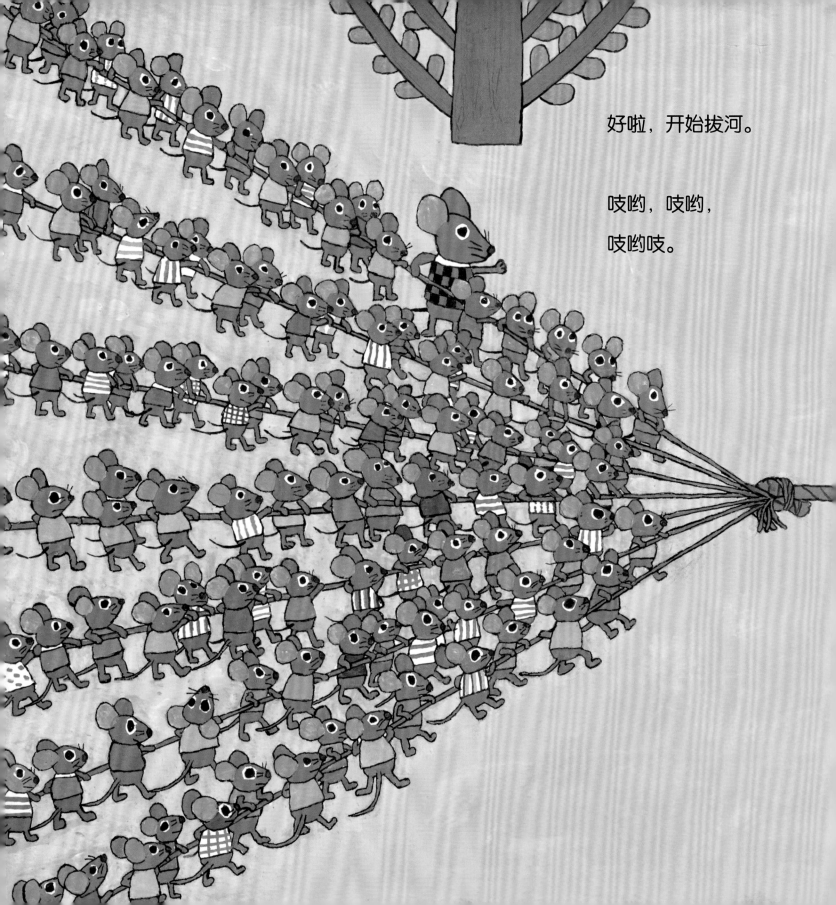

好啦，开始拔河。

吱哟，吱哟，
吱哟吱。

嗨哟，嗨哟，

嗨哟嗨。

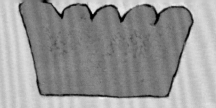

叽叽，叽叽，
哧溜，哧溜，
狮子被拖走了……

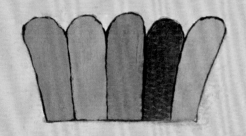

狮子终于输了。